11 histoires pour toute l'année

Textes de
Magdalena

Illustrations
d'Emmanuel Ristord

CASTOR POCHE

Éditions Flammarion – 87, quai Panhard-et-Levassor – 75647 Paris Cedex 13
ISBN : 9782081485686 – N° d'édition : L.01EJEN001646.A002

www.flammarion-jeunesse.fr
Dépôt légal : octobre 2019 – Imprimé en Espagne par Liberdúplex – octobre 2020
Loi n° 49-956 du 16 juillet 1949 sur les publications destinées à la jeunesse.

C'est la rentrée !

Aujourd'hui, c'est la rentrée.
Les enfants rentrent en CP.

« Qui va à la grande école aujourd'hui ? demande Maman.
– Moi, dit Léa.
– Moi, dit Noé.
– Moi, dit Ana.
– Moi, moi, moi ! crient tous les trois.
– Alors, en route ! On y va ! » dit Maman.

Sur le trottoir, Ana donne la main à Maman. Léa et Noé avancent devant.

En chemin, ils rencontrent Mia et Téo avec leurs mamans.
« En avant, venez avec nous ! » dit Noé.

Les voilà tous réunis sur le chemin de l'école. On dirait un train de souris.

Devant la cour de l'école,
tout le monde s'arrête.
Tout le monde se regarde.
Tout le monde baisse la tête.

« On est arrivés ! Qui rentre le premier ?
demandent les mamans.
– Pas moi ! dit Léa.
– Pas nous ! disent Noé et Téo.
– Nous non plus ! » disent Ana et Mia.

Et les enfants reculent.
Ils veulent rentrer à la maison !

La maîtresse arrive avec un grand sourire.
« Bonjour, je suis Julie,
la maîtresse des CP.
Il ne faut pas avoir peur !
Avec moi, on va apprendre à lire,
à écrire, à compter, à chanter…
et toujours dans la bonne humeur ! »
dit-elle doucement.

Maintenant, les enfants ont tous envie
d'entrer dans l'école.
Les parents sont rassurés.

La cloche sonne.
« C'est l'heure de se séparer,
un bisou sur chaque joue, et zou,
les papas, mamans, rentrez chez vous,
je m'occupe de tout ! »
s'écrie Maîtresse Julie.

« Qui veut visiter l'école ?
demande Maîtresse Julie.
– Moi, moi, moi, moi ! crient les enfants.
– Au revoir les parents, à ce soir ! »
disent la maîtresse et les enfants.

C'est l'automne !

Aujourd'hui, c'est l'automne.
« Les feuilles tombent, dit Maîtresse Julie.
Qui veut aller ramasser des feuilles
au parc ?
– Moi, dit Léa.
– Moi, dit Noé.
– Moi, dit Ana.
– Moi, moi, moi ! » crie toute la classe.

« Alors, en route, on y va ! »
dit Maîtresse Julie.
Et les voici partis.

Sur le trottoir, les enfants se donnent
la main.
Basil donne la main à Bob.
Samir donne la main à Réda.
Léo donne la main à Téo.
Lou donne la main à Fatou.
Alice donne la main à Mia.
Tim donne la main à Noé.
Léa donne la main à Ana.
Et Selma donne la main à Maîtresse Julie.

La classe marche en silence.

En chemin, Maîtresse Julie montre les arbres.

« Lui, c'est un sapin, dit Maîtresse Julie.
Il n'a pas de feuilles, il a des épines.
– Et les épines, ça pique ! dit Samir.
– Voilà, on est arrivés ! » dit Maîtresse Julie.

Les élèves ramassent des feuilles.
« J'ai une feuille jaune, dit Léa.
– Moi, une feuille marron, dit Ana.
– Et moi, une feuille rouge », dit Noé.

De retour en classe, Maîtresse Julie dit :
« Maintenant, on va faire un herbier.
On pose les feuilles sur le papier journal,
et on attend qu'elles sèchent. »

Maîtresse Julie dessine d'autres feuilles
au tableau.
Il y a la feuille de platane,
la feuille de marronnier
et la feuille de chêne.

« On n'a pas ramassé de glands,
dit tout à coup Selma.
– Pour cela, il faut aller en forêt,
dit Maîtresse Julie.
– Et si un jour on allait en chercher
en forêt ? propose Basil.
– Bonne idée ! Si on ramasse un gland
et si on le plante, alors un jour,
un chêne pousse », dit Maîtresse Julie.

Pluie de pommes

Aujourd'hui c'est l'automne,
les sorcières sont orange et jaune.
Demain elles changeront de peau,
mettront leurs chapeaux
et jetteront des pommes.

Aide Lou à retrouver son déguisement en traversant le labyrinthe. Fais attention aux pommes empoisonnées !

Solution p.128

Alerte aux poux !

« Il y a des poux dans l'école,
dit Maîtresse Julie.
Qui a des poux dans la classe ?
– Pas moi, dit Léa.
– Pas moi, dit Noé.
– Pas moi, dit Ana.
– Pas nous ! » crie la classe.

Mais Alice se gratte la tête.
La classe la regarde.
« Alice a des poux ! » dit Tim à sa voisine.

Basil est assis à côté d'Alice.
Il se gratte aussi la tête.
La classe le regarde.
« Basil a aussi des poux ! »
dit Réda à son voisin.

Maîtresse Julie distribue
des feuilles « Alerte aux poux ».
Elle dit :
« Ce n'est pas grave. Avec vos parents,
on va chasser les poux ! »

ALERTE AUX POUX
ALERTE AUX POUX
ALERTE AUX POUX

Chaque élève colle sa feuille
dans le cahier des parents.
On entend :
« C'est vilain !
– C'est moche !
– C'est pas beau ! »

Maintenant, toute la classe se gratte la tête. Mia dit :
« Je ne veux pas de cette bête sur ma tête ! »

Dans les maisons,
la chasse aux poux commence !
On regarde la tête.
On passe le peigne électrique.
Il fait « cric » quand il y a un pou.
On fait le shampoing anti-poux.
Et le lendemain, on recommence !

Le lundi, le mardi, le mercredi,
le jeudi, le vendredi…
À l'école, on ne parle que des POUX !
« J'ai vu des poux dans mon bain,
dit Alice.
– La chance ! » dit Basil.

À la récréation,
on joue à « C'est toi le pou ».
Basil dit à Bob :
« Tu dois courir. Si le pou te touche,
tu es le pou à ton tour. »

Un matin, la maîtresse dit :
« L'alerte aux poux est finie.
Je ne veux plus entendre parler des poux.
– Ouf ! dit Mia.
– Dommage ! » dit Basil.

Mais Mia voit que Maîtresse Julie se gratte la tête. Une fois, deux fois, trois fois.
Mia dit à Léo :
« Je crois que la maîtresse a des poux ! »

Léo le dit à Fatou, qui le dit à Alice, qui le dit à Basil.

Basil dit trop fort :
« La maîtresse a des poux ! »

Tous regardent Maîtresse Julie :
elle se gratte la tête.
« Je me suis trompée,
la saison des poux n'est pas finie ! »
dit Maîtresse Julie.

Dispute à la récré

Ce matin, à la récré,
Noé montre son nouveau manteau.

Le nouveau manteau est un peu grand
mais il est beau.
Léa aime le nouveau manteau de Noé.
Noé est fier !

Basil se moque de Noé.
« C'est quoi ce manteau ? Il est rigolo, mais il est trop grand pour toi ! » dit Basil en tirant sur les manches.

Noé ne trouve pas son manteau rigolo. Noé ne trouve pas son manteau trop grand. Il le trouve beau.

Maintenant, Noé boude. Léa défend son frère Noé, elle demande :
« Basil, qu'as-tu dit à Noé ? »
Les enfants forment un cercle autour de Noé.
« Pourquoi tu pleures, Noé ? » demandent-ils.

Bientôt, il y a deux groupes.
Un groupe est pour Noé.
L'autre est pour Basil.
Les enfants se font tous la tête.
Ils crient, ils se disputent.
Dans la cour de récré,
on ne s'entend plus.

« Pourquoi il y a une dispute ?
demande Selma.
– C'est à cause de Basil ! crie Tim.
– Non, c'est à cause de Noé ! dit Réda.
– Oui, mais pourquoi ? redemande Selma.
– Je ne sais pas trop. Je crois que c'est pour une histoire de manteau rigolo ! »
dit Téo.

La maîtresse arrive et s'écrie :
« Basil, où est ton manteau ?
Avec ce froid, on ne va pas en récré
sans manteau.
Va vite chercher ton manteau ! »

Au retour de Basil,
tout le monde éclate de rire :
Basil a le même manteau que Noé.
Avec les mêmes manches trop longues !

Noé se met à rire. Et Basil aussi.
Puis Basil et Noé tirent sur leurs manches.

Ils marchent les bras en avant :
ils jouent aux fantômes.
Les filles font semblant d'avoir peur.
Elles crient, elles se sauvent en courant.

Maintenant, Téo, Tim et Réda sont assis par terre.
Ils font la tête.
« C'est nul ! dit Téo.
– On n'a pas des manteaux de fantômes.
On ne peut pas jouer, dit Tim.
– J'ai une idée, dit Réda,
si on échangeait les manteaux ? »

Quel méli-mélo !
Tim porte le manteau de Noé.
Noé porte le manteau de Réda.
Réda porte le manteau de Basil.
Et le plus rigolo ?
Basil porte le manteau de Léa.

Quand la récré est finie, c'est la maîtresse qui fait une drôle de tête !
Noé dit à Basil :
« On s'est bien amusés ! »

Nuit de Noël

Bruit de Noël,
bruit de grelot,
bruit de traîneau,
où est passé le Père Noël ?
Nuit de Noël,
nuit d'étoiles,
nuit de neige,
il est dans la cheminée
bien au chaud.

Observe l'image de la page de gauche et amuse-toi à **retrouver** tous les cadeaux sous le sapin. On dirait qu'il y en a un de plus. Pour qui est-il ?

Solution p.128

Jour de piscine

Aujourd'hui, c'est jour de piscine
pour les CP !

Les enfants sont assis dans le car
avec les sacs de piscine sur les genoux.
Ils sont contents et crient de joie.

Ana vérifie son sac.
Elle regarde si elle a bien son maillot,
sa serviette, son bonnet de bain
et son goûter.
Ouf, tout est là !

Mia ne dit rien.
Elle ne veut pas aller à la piscine
car elle a peur de l'eau.
Elle ne bouge pas.

Devant la piscine, Maîtresse Julie demande :
« Mia, quelque chose ne va pas ? »
Mais Mia ne répond pas.
Mia veut se cacher.

Le maître-nageur vient chercher les CP.
Basil et Léo vont enfin sauter
dans le grand bassin.
Léa et Selma s'amusent comme des folles !

Maîtresse Julie et Ana attendent Mia.
Mais Mia ne veut pas sortir du vestiaire.
Elle pleure.
« J'ai peur et je ne veux pas que les autres se moquent de moi, avoue Mia.
– On ne se moquera pas de toi, dit Ana.
– Je suis là pour toi, Mia », dit Maîtresse Julie.

Rassurée, Mia sort du vestiaire.
Elle dit :
« Maîtresse, je n'ai pas mon maillot de bain. »
Maîtresse Julie sourit, elle a tout compris.

Maîtresse Julie donne la main à Mia et lui dit :
« Viens, Mia, je vais tout arranger ! »

Devant le bassin, Maîtresse Julie
regarde le maître-nageur et dit :
« Mia a oublié son maillot.
– Ce n'est pas grave,
j'ai un maillot de champion pour elle »,
répond aussitôt le maître-nageur.

Mia est fière avec son maillot de champion.
Elle n'a plus peur.

Mia met sa ceinture bouée.
Sans hésiter, elle saute dans le petit bassin
et éclabousse Selma et Fatou.

Téo ne sait pas bien nager.
Il a un peu peur de sauter dans l'eau…
Il demande :
« Je peux avoir un super maillot
pour sauter comme Mia ? »

Maîtresse Julie et le maître-nageur rient.
Le maître-nageur dit aux CP :
« Ce n'est pas le maillot qui aide Mia
à bien flotter, c'est la ceinture bouée.
Et vous avez la même ceinture bouée.
Alors, vous pouvez tous sauter ! »

Et les enfants sautent et éclaboussent
Maîtresse Julie et le maître-nageur.

Le lapin de la classe

Aujourd'hui, Maîtresse Julie arrive
avec un carton dans les bras.
Elle pose le carton sur son bureau,
met le doigt devant sa bouche, et dit :
« Chut ! »

Toute la classe se tait et écoute,
même Basil le bavard.
Dans le silence, on entend des petits bruits…
« À votre avis, qu'y a-t-il dans ce carton ?
Vous pouvez me poser des questions »,
dit Maîtresse Julie.

Chaque enfant pose une question,
et à chaque fois, la maîtresse répond.
« C'est vivant ? demande Basil.
– Oui !
– C'est gros ? demande Samir.
– Non, pas très.
– C'est dangereux ? demande Fatou.
– Oui ! Mais non, plaisante Maîtresse Julie.
– C'est pour qui ? demande Ana.
– Pour la classe. »

« Je sais. C'est un animal ? demande Téo.
– Oh… tu chauffes.
– Un chat ? propose Léa.
– Non, mais notre animal a aussi des poils.
– Alors un chien ? demande Noé.
– Non plus ! Cherchez encore.
– Une tortue ? demande Lou.
– Mais non, elle a dit avec des poils !
répond Mia.
– Un cochon d'Inde ? propose Alice.
– Non, c'est plus gros.
– Un lapin, dit Selma.
– Oui, bravo, tu as trouvé ! »

Maîtresse Julie libère le bébé lapin et dit :
« Voici le lapin nain qui va vivre avec nous dans la classe. »

Le bébé lapin commence par se cacher dans un coin, puis il vient renifler les enfants.
« Il vient voir si on sent des pieds ! » dit Basil en riant.

« Il n'est pas sauvage, dit Réda
qui le prend dans ses bras.
– Et il est tout doux, dit Samir en le caressant.
– Il lui faut une cage, dit Alice.
– Et aussi de la nourriture », ajoute Tim.

« Mais... on ne peut pas le laisser seul ici
le week-end, s'inquiète Mia.
– On le prendra chacun notre tour
à la maison, propose Alice.
– Il faut lui donner un nom, dit Lou.
– Comme "Chocolat", car il est marron ! »
dit Selma.

Chacun propose un nom,
et Maîtresse Julie copie la liste au tableau.

Ensuite, la classe vote.
C'est « Rapido » qui est choisi,
car le bébé lapin se déplace très vite.

L'après-midi, la vétérinaire vient
dans la classe.
Elle annonce :
« Ce n'est pas un lapin mais une lapine,
et elle pourra avoir des lapereaux !
– Alors, il faut changer son nom », dit Fatou.

Le temps a passé.
Rapida est devenue grande et grosse.
Plus rien ne traîne par terre,
car Rapida grignote ce qu'elle trouve.
Tout est en hauteur maintenant !
Sauf le goûter que Basil a fait tomber.
Et c'est Rapida qui est en train de le manger !

Bonhomme de Neige

Il neige !
Il fait froid.
Une boule qui roule,
une carotte qui croque,
deux marrons qui tombent,
une écharpe, un bonnet.
Et un bonhomme de neige
apparaît !
Le soleil sort,
et le bonhomme de neige
disparaît !

Les CP ont fait des bonshommes
de neige. **Observe** bien : un seul
est exactement comme celui
de la page de gauche. Lequel ?

Solution p.128

La remplaçante

Ce matin, Maîtresse Julie est absente.
Une dame se présente.
« Bonjour, je suis la remplaçante
de votre maîtresse.
– Mais où elle est, Maîtresse Julie ?
demande Léa.
– Elle est malade, et je la remplace »,
dit la remplaçante.

Les CP la regardent d'un drôle d'air.
Ils font des commentaires.
« Elle n'est pas comme Maîtresse Julie !
dit Ana.
– Elle a l'air plus sévère », trouve Léa.

mardi
mercredi
jeudi
vendredi
samedi
dimanche

Basil, Lou et Alice font les fous.
Basil chuchote à l'oreille des filles :
« J'espère qu'on ne va pas travailler aujourd'hui ! »
Selma s'inquiète :
« J'espère que Maîtresse Julie sera guérie demain. »

La classe est agitée, il y a beaucoup de bruit.
La remplaçante dit :
« Pour commencer la journée,
je vais vous lire une histoire.
Mais avant, je dois connaître vos prénoms. »

La remplaçante découpe des étiquettes.
Selma les distribue à chaque élève.
« Vous avez tous un petit papier ?
Attention ! Prêts, feu, partez,
écrivez vos prénoms ! »
annonce la remplaçante.

« Chut, chevalier Basil ! L'histoire va commencer », dit la remplaçante.

Il était une fois, une gentille princesse prisonnière d'un méchant dragon. Mais un courageux chevalier…

Au début de l'histoire,
toute la classe fait du bruit.
Basil et Tim ricanent.
Fatou, Lou et Alice bavardent.
Léo bouge sur sa chaise.

Mais quand la remplaçante raconte
le combat du courageux chevalier
contre le méchant dragon,
il n'y a plus un bruit.
Les élèves sont captivés.

Soudain, la remplaçante s'arrête de lire et dit :
« La suite cet après-midi, si vous êtes sages,
et si vous travaillez bien ! »

Les CP veulent savoir si le chevalier
va sauver la princesse,
alors ils s'appliquent.
« Finalement, la matinée est vite passée »,
s'écrie Selma à la sortie.

À la cantine, tous les élèves parlent
de la remplaçante.
« Elle raconte drôlement bien, dit Basil.
– Elle fait bien la voix du chevalier », dit Réda.

L'après-midi, après la dictée,
la remplaçante réunit les CP autour d'elle.
« Voulez-vous savoir ce qui est arrivé
à la princesse et au chevalier ?
demande-t-elle.
— Oui !! répondent les CP.
— Attention, ouvrez vos oreilles,
plus un bruit, c'est parti ! »

Ensuite, les enfants font des dessins.
Basil dessine un dragon,
Selma, une princesse,
Réda, un château fort,
et Samir, un beau chevalier.
La remplaçante accroche les dessins
sur le mur quand ils sont finis.

Le lendemain matin, les CP sont heureux :
Maîtresse Julie est de retour !
Ils ont beaucoup de choses à lui raconter.
Ils lui parlent de la remplaçante,
du chevalier, de la princesse et du dragon.

Maîtresse Julie demande :
« Comment s'appelle cette remplaçante ? »

Les enfants se taisent.
« On a oublié de lui demander son prénom,
dit Selma d'une petite voix.
– Elle s'appelle La Remplaçante, non ? »
demande Basil.

Et toute la classe rit.

Les amoureux

Ce matin, devant la classe,
Lou et Alice ont trouvé un petit mot par terre.
Il y a un cœur dessiné dessus.
Sous le cœur, Lou lit à voix haute :
« Je t'aime. »

« Oh, oh ! dit Lou. Il y a un amoureux
dans la classe.
— Ou une amoureuse, rectifie Alice.
— On doit trouver qui a écrit le mot, dit Lou.
— Et pour qui est le mot », ajoute Alice.

En classe, Réda s'agite.
Il fouille partout :
il cherche le petit papier, il l'a perdu !

Réda dessine un beau cœur rouge
sur un nouveau petit papier.
Il ne voit même pas que Lou
et Alice l'observent.

« Regarde, dit Lou, c'est Réda l'amoureux.
— Mais alors, qui est son amoureuse ?
demande Alice.
— Moi, peut-être, répond Lou.
— Non, c'est sans doute moi, renchérit Alice.
— Chut, les pipelettes !
Gardez vos bavardages pour la récréation »,
dit Maîtresse Julie en faisant les gros yeux.

À la récré, Lou et Alice taquinent Réda.
Elles chantent et tournent autour de lui.
« Tu es amoureux, tralala, on le sait…
On t'a vu dessiner le cœur ! »

Réda devient tout rouge, il bafouille :
« Non, non, ce n'est pas moi…
– C'est pour moi le mot ? demande Alice.
– Ou pour moi ? » demande Lou.

Réda est embarrassé, il baisse la tête.

Les deux chipies racontent leur secret
à l'oreille de Selma, de Fatou, de Léa et d'Ana.
Les filles regardent Réda,
elles ont un sourire au coin des lèvres.
Elles veulent toutes être l'amoureuse de Réda.
Il est toujours gentil et il écrit drôlement bien.

À la fin de la récré, Réda donne discrètement
le papier à Noé.
Il lui chuchote :
« Voilà ton mot, mais Lou et Alice m'ont vu,
et les filles croient que je suis amoureux.
— Merci, Réda, tu es super », répond Noé.

Aussitôt, il cache le mot dans la poche
de son pantalon.

De retour en classe,
Noé sort le mot de sa poche, il le signe.
Puis, il attend que Mia, sa voisine, se retourne,
et, vite, vite, il glisse le mot dans son cahier.

jeudi
samedi

Alice et Lou observent Réda.
Réda regarde Noé. Et Noé regarde Mia.
Quand Mia ouvre son cahier,
elle lit le mot et rougit.
Ensuite, elle sourit à Noé qui rougit aussi.
Alice et Lou ont tout vu : elles ont tout compris.
Les amoureux sont Mia et Noé !

À la cantine,
Noé et Mia mangent à la même table.
Réda, le curieux, les rejoint.
Alice et Lou prennent les deux dernières chaises
pour être à la même table que Réda.

Réda demande à Alice et Lou :
« Alors, qui c'est l'amoureux ?
– Ce n'est pas toi, dit Alice.
– Tu avais raison », ajoute Lou.

Du coup, les deux chipies boudent un peu,
car elles sont déçues.

Noé et Mia papotent et rigolent.
Ils sont rouges comme des tomates.

Lou demande à Réda :
« Tu crois qu'il y a d'autres amoureux dans la classe ?
– Heu, je ne sais pas », répond Réda.

Lou et Alice se disputent.
« Réda sera mon amoureux, affirme Lou.
– Non, ce sera le mien », rétorque Alice.

En fin d'après-midi, quand le travail est terminé,
Réda montre à Lou et Alice
comment dessiner des cœurs.
Des petits, des gros, des grands.

Réda dit à Lou et Alice :
« Fermez les yeux, j'ai une surprise pour vous. »

Il a écrit sur la feuille :
« Je vous aime toutes les deux,
vous êtes mes meilleures copines.
Réda »

À la sortie, Lou et Alice marchent
bras dessus, bras dessous avec Réda.
Mia et Noé, les amoureux,
s'en vont main dans la main !

Cache-cache choco

Choco choco nougat,
choco choco chaud,
choco choco lait,
choco choco noix,
choco choco crème,
choco choco chocolat.
Ici ou là,
qui cherche trouvera
des œufs en chocolat !

Les cloches sont passées dans la cour.
Retrouve les 6 œufs en chocolat,
les 5 poules et les 3 poissons en chocolat.

Solution p.128

Chez les pompiers

Aujourd'hui, les CP vont visiter
la caserne des pompiers.
Le papa de Basil les accompagne.

Sur le chemin, Fatou chante :
« Au feu, les pompiers,
V'là la maison qui brûle !
Au feu, les pompiers,
V'là la maison brûlée ! »
Les filles reprennent en chœur :
« Au feu, les pompiers… »
Pendant que les garçons font :
« Pin-pon-pin, pin-pon-pin ! »

Devant la caserne,
un sapeur-pompier les attend.
Il salue la maîtresse et le papa de Basil,
puis il dit aux enfants :
« Bonjour, je suis Antoine,
je vais vous faire visiter les lieux.
Ensuite, on ira dans la salle de classe
pour regarder un film sur le métier de pompier.
– On retourne en classe ? »
s'exclame Basil, mécontent.
Antoine rit.
« Pas longtemps, tu verras. »

Les élèves et le sapeur-pompier entrent
dans la caserne.
« Là, c'est le réfectoire,
dit Antoine en ouvrant la porte.
– C'est comme notre cantine, dit Selma.
– Et là, c'est le dortoir, quand on reste le soir.
– Oh, glousse Alice, tu dors là ?
– Pas tous les jours, seulement quand je suis
de garde », répond Antoine.

Puis, Antoine continue :
« Voici la salle de sport.
– Trop bien, dit Bob.
– Dommage, on n'a pas ça à l'école, dit Réda.
– Et pour finir, dans la salle de repos, il y a un…
– Un baby-foot ! » crie Basil, épaté.

Les CP font le tour de tous les engins.
Maîtresse Julie prend des photos des élèves.
« Mon préféré, c'est le camion-citerne.
On peut faire une photo aussi ? »
demande Téo.

Pendant le film, les CP regardent
avec attention les pompiers en action.
On les voit éteindre un incendie,
et secourir des blessés
quand il y a un accident de la route.
On voit soudain un enfant sur un brancard.
Tim s'écrie :
« C'est comme moi, il s'est cassé le bras
pendant la récréation ! »

De retour dans la cour de la caserne,
Antoine annonce :
« À vous de jouer, maintenant !
– On va éteindre un feu ?
demande Noé, inquiet.
– Seulement découvrir le matériel,
le rassure Antoine. On va faire trois groupes :
le premier avec ma collègue Lucie,
le deuxième avec mon collègue Jean,
et le dernier avec moi.
– Oh, y a même une fille pompier ! »
dit Selma.

Basil, Réda, Samir, Léo et Selma partent
avec Lucie et le papa de Basil.
Ils enfilent chacun une tenue de pompier,
bien trop grande pour eux.
« Ben, on n'est pas en rouge ?
demande Basil, surpris.
– C'est le camion qui est rouge, pas eux »,
répond Samir.

Au final, ils ont tous l'air déguisés,
mais sont très fiers de se voir en pompiers.

Avec l'aide de Jean,
Alice, Lou, Fatou, Tim et Mia ont le droit de tenir la lance d'incendie.
Chacun leur tour, ils arrosent le sol et le mur de la caserne.
« Attention, maîtresse ! » crie Mia.
Trop tard ! À la fin de l'exercice, Maîtresse Julie est trempée.

Noé, Léa, Ana, Téo et Bob montent
dans le camion de pompier avec Antoine.
Ils font le tour du parking.

Bob a le droit de mettre la sirène en marche.
Les autres chantent à tue-tête :
« Pin-pon-pin, pin-pon-pin ! »

« Et maintenant, qui veut aller
tout en haut dans la nacelle ? »
demande Antoine aux CP réunis.
Impressionnés, les enfants reculent d'un pas.
« La maîtresse veut monter ? » demande Antoine.
Maîtresse Julie accepte,
mais elle ne semble pas rassurée.

« Elle va monter en haut de la grande échelle ! »
s'écrie Mia, terrorisée.
À mi-hauteur, Maîtresse Julie s'accroupit,
elle a le vertige.
Antoine redescend la nacelle.
Les enfants applaudissent l'exploit
de leur maîtresse.
« Oh ! là là ! Je préfère monter sur une chaise
pour accrocher vos dessins ! » leur dit-elle.

Au moment du départ,
les élèves entourent Antoine.
« Ne l'étouffez pas », dit Maîtresse Julie.

Fatou propose :
« Et si on lui chantait la chanson
Au feu, les pompiers ! pour le remercier ? »
Toute la classe chante pour Antoine.

Antoine distribue des brochures
et il offre à Maîtresse Julie un beau calendrier
à accrocher dans la classe.
Il demande :
« Ça vous a plu ?
– Oh oui ! crient les enfants.
– Qui veut devenir pompier ? »
Tous lèvent la main, sauf la maîtresse.

La classe de mer

Ce matin, c'est un grand jour pour les CP.
C'est le voyage de fin d'année.
Les élèves partent en classe de mer.

Les parents et les enfants attendent
le car devant l'école.
Maîtresse Julie arrive avec un gros sac à dos
et une grande malle de classe.

Ça y est ! Les enfants sont assis dans le car.
Maîtresse Julie compte et recompte
ses élèves : il en manque un !
« Bob n'est pas là ! » dit Basil.

Bob arrive en courant.
Il crie :
« Attendez-moi ! Le réveil n'a pas sonné,
Maman ne s'est pas réveillée ! »
Ça fait rire Lou et Alice, les deux chipies.

Quand le car démarre, Maîtresse Julie dit :
« C'est parti ! »
Les enfants et les parents se font des signes d'au revoir à travers la vitre.

« On mange quand ? demande Samir.
– Samir, on vient de partir !
On s'arrêtera plus tard pour pique-niquer », répond Maîtresse Julie.

À midi, le car s'arrête sur une aire de repos.
« C'est l'heure du pique-nique, dit Maîtresse Julie.
– Youpi ! crient Léa et Ana.
– Moi, j'ai très faim », dit Tim
en fouillant dans son sac.

La route reprend après le déjeuner.
Quand une voiture dépasse le car,
Basil et Bob font des grimaces,
Lou et Alice font coucou,
Noé et Réda jouent aux cartes, Mia lit.
Les autres chantent avec Maîtresse Julie.

En fin d'après-midi, le car se gare
devant un grand bâtiment.
« On est arrivés ! » dit Maîtresse Julie.
Les élèves applaudissent.

« N'oubliez rien ! » rappelle Maîtresse Julie.
Elle compte les élèves à la descente du car.
« Il en manque encore un ! s'écrie-t-elle.
– C'est Basil, il s'est endormi », dit Léa.

Le chauffeur sort les sacs de la soute.
C'est un peu dur de s'y retrouver !
Fatou a une valise trop grande pour elle.
Tim a ouvert son sac
et il n'arrive plus à le fermer.

Réda et Téo veulent porter la grosse malle.
« C'est trop lourd, maîtresse.
Tu as mis toute la classe dedans ? »
demande Réda.

Les animateurs accueillent les CP.
« Bonjour, je m'appelle Rémi.
Je suis votre moniteur de voile.
– Bonjour, je suis Fatima. Je vous ferai découvrir et dessiner de jolis poissons.
– Bonjour, je suis Simon.
Je vous emmènerai à la pêche. »

Les CP commencent la visite du bâtiment.
« Ici, c'est le dortoir des filles, dit Fatima.
— Là, le dortoir des garçons, dit Simon.
— Ma chambre est entre les deux dortoirs,
dit Maîtresse Julie. Et là, c'est la salle de classe.
— On va travailler ? demande Basil, étonné.
— Oui, mais on ne sera en classe
que le matin ! répond Maîtresse Julie.
— Ça suffit bien ! » chuchote Basil à son voisin.

Maîtresse Julie propose :
« Allons voir la mer avant la nuit !
— OUIII ! » s'écrie la classe.

Le groupe part à la queue leu leu
sur le sentier de sable.
Les dunes cachent la vue, mais on entend,
au loin, un bruit sourd.
Fatou, Alice et Samir ne sont pas rassurés.

Soudain, derrière les dunes,
les CP découvrent l'océan.

C'est la première fois que Fatou, Alice et Samir voient la mer.
En un clin d'œil, ils sont pieds nus dans l'eau.
« Hi ! hi ! ça chatouille », dit Fatou.

Toute la classe est excitée,
sauf Réda qui veut manger.
Il dit :
« J'ai faim.
– Rentrons. Le dîner nous attend »,
réplique Maîtresse Julie.

Dans la salle à manger,
les enfants sont impressionnés.
Une dame leur dit :
« Je suis la cuisinière. Vous allez manger
du poisson, du poisson cru, du poisson cuit,
du poisson bouilli, du poisson frit,
mais jamais de poisson pourri ! »

Tout le monde rit. Sauf Léo.
Il dit en secret à Samir :
« Moi, je déteste les arêtes.
Je préfère le poisson pané. »

La journée a été longue.
Les enfants sont fatigués.
C'est l'heure de se mettre en pyjama
et de se brosser les dents !

Maîtresse Julie fait le tour des dortoirs.
Elle met tout le monde au lit, et elle fait
un bisou à chacun, un bisou à chacune.
Elle allume les veilleuses et dit :
« Bonne nuit, les enfants, à demain ! »

Maîtresse Julie dort déjà.
Elle a laissé les portes des dortoirs ouvertes.
Dans la nuit, on entend des petites voix de souris.
« C'est bien ici, dit Selma. Tu crois qu'on verra des crabes et des étoiles de mer ?
– Oh oui ! On va bien s'amuser », répond Léa.

Chut ! Il n'y a plus un bruit !
Tous les enfants sont endormis.

C'est l'été

C'est l'été,
chaud soleil,
chapeau de paille,
château de sable
et pieds dans l'eau.
C'est l'été,
à vélo,
en pédalo
ou en bateau,
chantons
de plus en plus fort
et haut !

Les CP se sont retrouvés
pour une journée autour d'un lac.
Démêle les fils pour savoir
qui a attrapé le poisson.

Solution p.128

Départ en vacances

Aujourd'hui, c'est le grand jour
du départ en vacances.
Maman est toujours énervée.
Papa perd toujours ses clés.
Noé, Léa et Ana sont un peu tristes.
« Ça va être long, l'été sans nos copines !
disent les filles.
– Et moi alors, plus mes copains
et vous deux sur le dos ! » répond Noé.
Et comme d'habitude, tous les trois se disputent.
Car personne ne veut s'asseoir à la place
du milieu.

Papa a du mal à faire rentrer toutes les valises dans le coffre de la voiture.
« Tu as encore pris trop de bagages,
se plaint Papa.
– Tu as acheté une voiture trop petite »,
se plaint Maman.
Quand le coffre ferme enfin,
Papa et Maman se regardent et éclatent de rire.
Ils disent en chœur :
« Ouf, on a fini par y arriver ! »

Une fois tout le monde installé,
Papa fouille dans sa poche et s'écrie :
« Je ne trouve plus les clés de l'auto !
– J'espère qu'elles ne sont pas restées
dans le coffre ? » dit Maman, inquiète.

Noé, assis entre ses deux sœurs, crie :
« Je les vois, elles sont sur le contact, les clés ! »
Papa et Maman sont soulagés.
La voiture peut démarrer.
Les vacances vont commencer.

Et les voilà partis.
Au bout de cent kilomètres,
tout le monde a faim.
L'odeur des sandwichs chatouille les narines.
« C'est bientôt l'heure du pique-nique ?
demande Noé.
– Presque, dit Maman.
– Bientôt, dit Papa.
– On a faim », grognent les trois à l'arrière.

Pour patienter, Maman propose de jouer
aux mots qui commencent par P.

Pâte
Purée
Pomme
Patate
Parmesan
Pain
Poulet rôti

Les mots fusent dans l'auto.
« Je me rends ! dit Papa. Vos mots en P
m'ont ouvert l'appétit. »
Et il ajoute :
« On s'arrête manger. »

Une fois le pique-nique terminé,
le voyage reprend.
« Papa, tu crois qu'on va croiser Selma ? demande Noé. Elle partait aussi en auto aujourd'hui.
– Mais non, répond Ana, cette année elle part au Maroc en avion, et elle a invité Fatou.
– Elles ont promis de nous envoyer des photos, ajoute Léa.
– Trop de la chance ! On ira au Maroc, un jour ? demande Noé.
– Pourquoi pas, dit Maman,
ça changerait de la Bretagne.
– Moi, surtout, j'aimerais prendre l'avion »,
dit Noé.

Le roulis les endort tous rapidement,
sauf Papa qui conduit.

Papa klaxonne pour réveiller les passagers.
« On est arrivés !
– Youpi ! Youpi ! » s'écrient les trois
en sautant de l'auto.
Mais ils remontent aussitôt,
car une armée d'oies les attend
pour leur pincer les mollets.

« Je les avais oubliées, celles-là,
dit Noé qui n'aime pas les oies.
– Pff, elles, elles ne nous oublient pas on dirait,
ajoute Ana.
– Toujours prêtes à nous embêter,
elles ne changent pas ! » ajoute Léa.
Papa, armé d'une valise, les chasse.

Pendant qu'ils s'installent dans la maison,
comme chaque été on entend :
« Y a des araignées ! crie Ana.
– Normal, c'est la campagne, lui répond Maman.
– Y a des mouches ! crie Léa.
– Normal, c'est la campagne, lui répond Papa.
– Y a des orties ! » couine Noé
qui vient de tomber dans l'herbe.

Papa et Maman éclatent de rire.
« Bon, les trois de la ville, on vous garde
ou on vous met dans le train ? »

Au bout de quelques jours, pour rien au monde
Léa, Noé et Ana ne repartiraient.
Au début, comme tous les ans,
ils râlaient de n'avoir ni la télé ni internet,
mais maintenant ils s'amusent comme des fous.
Ils ont construit une grande cabane en bois
avec l'aide des parents.

« On pourra dormir dehors, cette nuit ? »
demandent les filles.
Papa et Maman acceptent.
« Tu sais que Basil fait du camping
avec son papa ? » dit Noé en montant la tente.
– Oui, même qu'il dit qu'il porte un sac
plus gros que lui », répond Léa.
La nuit tombée, après avoir longuement observé
les étoiles dans le ciel et parlé des copains,
Noé dit :
« Bob, Basil et les autres me manquent,
pas vous ?
– Oui, l'école nous manque ! »
répondent ses sœurs d'une même voix.

Comme il y a de drôles de bruits
autour de la tente,
Noé et ses sœurs ont un peu peur.
Ils ont du mal à s'endormir et, au petit matin,
ils sont réveillés par la pluie et les oies
qui poussent la toile avec leur bec.

Ils sont les premiers debout
et n'ont pas bien dormi du tout.
Dans la tente voisine,
les parents ronflent.

Quand Papa et Maman se lèvent enfin,
ils les trouvent tous les trois rendormis
sur le canapé.

« Alors, vous avez passé une bonne nuit,
on recommence ce soir ? dit Maman, moqueuse.
– Non, non, répondent-ils en chœur,
ce soir on dort dans nos lits
car la tente sera mouillée ! »
Maman fait un clin d'œil à Papa et ajoute :
« Ben nous, on redormira dans notre tente. »

Comme il pleut, Maman propose d'écrire les cartes postales des vacances.

« Elles vont arriver après nous, comme tous les ans, dit Noé.

– Normal, vous les écrivez trop tard, dit Papa.

– On attend toujours la pluie, c'est pour ça ! dit Léa.

– Et si l'année prochaine il ne pleut pas ? demande Ana.

– Ben on n'en écrira pas », dit Noé.

Aujourd'hui, c'est le grand jour du retour.
Pendant ces vacances, Noé, Ana et Léa
ont ramassé des trésors qu'ils veulent ramener.
Au moment où Papa ferme le coffre,
Noé arrive en courant avec un sac.
« C'est pour donner aux copains »,
dit Noé en voyant Maman faire la grimace.
Elle râle mais Papa trouve
une dernière petite place dans le coffre.
Alors que le paysage défile, Ana dit :
« Chouette, bientôt on va retrouver
les copains du CP !
– Ben non, du CE1, on rentre au CE1 ! »
dit Noé fièrement.

Dico-mots

C'est la rentrée !

le trottoir 

le chemin 

le train 

la souris 

la tête 

lire 

la cloche 

C'est l'automne !

le parc 

l'arbre 

l'herbier 

le journal 

le gland 

la forêt 

Alerte aux poux !

le pou 

se gratter 

la feuille 

le cahier 

le peigne électrique 

le shampoing 

le bain 

Dispute à la récré

la récré 
le manteau 
la manche 
les enfants 
le cercle 
la cour 
le fantôme 

Jour de piscine

le maillot de bain 
la serviette 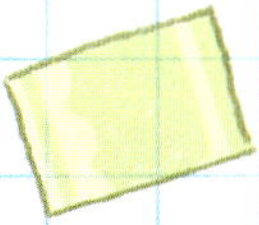
le bonnet de bain 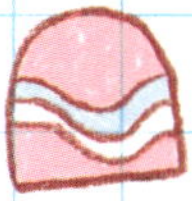
le vestiaire 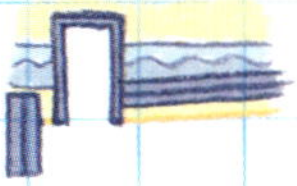

Le lapin de la classe

dangereux 
libérer 
renifler 
grignoter 

La remplaçante

l'oreille 
le chevalier 
le dragon 
le château fort 

Retrouve les histoires de **Je suis en CP**
pour t'accompagner tout au long de l'année.

10 TITRES PARUS

Le nouveau

Journée à la ferme

NIVEAU 1 : je commence à lire

8 TITRES PARUS

Les anniversaires

Les toilettes de l'école

NIVEAU 2 : je lis presque seul

8 TITRES PARUS

La fête de l'école

Au centre aéré

NIVEAU 3 : je lis tout seul

Le blog !

Toute l'actualité de la collection,
les astuces de Magdalena et plein d'autres surprises,
sur **www.jesuisencp.fr**

SOLUTIONS DES JEUX

Pages 20-21
Vacances de la Toussaint

Pages 40-41
Vacances de Noël
Le cadeau en plus est pour **Maîtresse Julie**.

Pages 60-61
Vacances de Février
Le bonhomme de neige identique est celui de **Samir**, **Mia** et **Léo**.

Pages 84-85
Vacances de Pâques

Pages 110-111
Vacances d'Été
C'est **Léo** qui a attrapé le poisson !